Collezione Fantasie Erotiche

Vol. 1

Erika Sanders

Collezione Fantasie Erotiche

Erika Sanders

Serie

Collezione Fantasie Erotiche Vol. 1

Questo libro è composto dalle seguenti fantasie:

1 - Fantasia nel Parco

2 - Donna Sposata e Insoddisfatta

3 – Il Padre del mio Ragazzo

4 – Fantasia con Sconosciuti

5 – Infedeltà con Maturo

Collezione Fantasie Erotiche , una
serie di romanzi ad alto contenuto tabù
romantico ed erotico.

(Tutti i personaggi hanno 18 anni o più)

Nota sull'autrice:

Erika Sanders è una scrittrice di fama internazionale, tradotta in più di venti lingue, che firma i suoi scritti più erotici, lontani dalla sua prosa abituale, con il suo nome da nubile.

Indice:

COLLEZIONE FANTASIE EROTICHE
ERIKA SANDERS

FANTASIA NEL PARCO

Era sabato e di solito non c'è movimento nella mia Colonia, così ho deciso di andare a fare una passeggiata nel parco della vicina Colonia, per vedere che pesca c'era, dato che quel parco aveva la reputazione che lì puoi agganciare molto facilmente .

Mi sono vestita in modo molto sexy e provocante e mi sono preparata per andare al parco, era un po' lontano da camminare quindi ho richiesto un Uber.

L'autista mi conosceva già perché in precedenza avevo richiesto i suoi servizi, quindi mi sono seduto con sicurezza sul sedile del passeggero anteriore.

Gli ho chiesto di portarmi al parco e abbiamo iniziato a parlare. La verità è che ero super sexy, quasi irresistibile he he , quindi il ragazzo ha iniziato a parlare in modo volgare, c'è stato un momento in cui si è emozionato e mi ha messo una mano sulla gamba, dato che indossavo una gonna, perché si potevano vedere i miei collant. .

Allora parlavamo, lui voleva già mettermi una mano addosso e per stuzzicarlo ho aperto un po' le gambe, ha cominciato ad accarezzarmi il sesso sopra le mutandine... Ma questa è un'altra storia, finisce qui perché eravamo già arrivati a il parco quindi sono sceso, volevo pagarlo, ma lui ha rifiutato, mi ha avvertito che la prossima volta. Se vuoi sapere cosa succede dopo, non perdere questa serie di fantasie erotiche.

Ho comprato un delizioso gelato e ho continuato a fare una passeggiata nel parco per farmi vedere e vedere se potevo trovare qualcosa.

Ho camminato così per un po' finché un uomo maturo si è avvicinato a me e ha iniziato a parlarmi. Sai già che i miei deliri sono quelli maturi, quindi ho accettato di buon grado.

Stavamo parlando in modo molto divertente, all'improvviso mi ha chiesto la mia età e gli ho detto che ho 19 anni. Sembro davvero più vecchio, perché sono molto sviluppato, da quando avevo 13 anni ho già risvegliato le passioni basse, ma lo farò diglielo più tardi.

Con voce timida e sguardo civettuolo gli ho chiesto, quanti ne hai? 23 hanno risposto.

Sono rimasto sorpreso perché dal suo aspetto si vede chiaramente che è un uomo più anziano, almeno 60 anni, gli ho spiegato come? Sembri un po' più vecchio.

Lui sorridendo maliziosamente mi ha detto 23 cm... he he ...

Sono diventata tutta rossa, nervosa e ho deglutito la saliva non appena sono riuscita a dire ah!

Il simpaticone continuava a provocarmi e guardandomi direttamente negli occhi si chiese senza pudore, quanti di voi vi piacciono?

Sono diventata rossa di nuovo e ancora più nervosa, ma ho cercato di nasconderlo e gli ho detto: "In realtà mi piacciono le persone anziane", ho detto, un po' civettuola.

Lui ha sorriso divertito e mi ha detto, che ne dici se andiamo al cinema, danno un film molto bello, sorridendo maliziosamente, ho accettato subito e ci siamo diretti verso il cinema che era lì vicino.

Al cinema proiettano solo film porno, questo lo sapevo già perché una volta sono andato in fuga con alcuni amici di Cole, ma di questo ve ne parlerò più tardi, in un'altra pubblicazione.

Si sa già che in quei cinema il locale è quasi completamente buio, si notano appena le insegne luminose dei bagni, quindi si presta a ogni tipo di manovra se ne avete voglia.

E ovviamente ero pronto a farlo.

Non c'è voluto molto perché l'uomo mi mettesse un braccio dietro la schiena, mi sono avvicinato e, baciandomi delicatamente la guancia, ha cominciato ad accarezzarmi le tette. Questo mi ha reso molto nervoso, e ho guardato ovunque per controllare se nessuno ci vedesse, in realtà nessuno poteva vederci in quell'oscurità, quindi ho cercato di rilassarmi e di lasciarmi fare.

L'uomo è riuscito a togliermi le tette dai vestiti e ha iniziato a succhiarle. Immediatamente i miei capezzoli si sono alzati e sono diventati durissimi, cosa che ha subito notato e mi ha palpato sempre di più e mi ha succhiato in modo tale che ero già super eccitato.

All'improvviso mi ha messo la mano sulla gamba e come ti ho già detto, a causa della minigonna che indossavo, si vedevano le mie gambe e le mie mutandine. Immediatamente e automaticamente, allargai le gambe e mi sistemai in modo che potesse divertirsi.

Ha iniziato a palpeggiarmi e appena ho sentito le sue dita che mi sfioravano il sesso, non ho potuto resistere, ho allargato ancora di più le gambe e ho afferrato il suo cazzo sopra i pantaloni e ho iniziato a accarezzarlo molto bene.

Mise la mano nel mio sesso e notò come ero già tutta bagnata, si eccitò e mi infilò le dita più che poteva, dovevo stare sulle gambe per facilitare la sua manovra, quando lo sentii toccare il mio clitoride , è diventato duro e stava bene in attesa di riceverne di più, ero super eccitato, mi sono chinato verso di lui e ho iniziato a succhiargli il cazzo, anche lui era già molto eccitato, sentivo come cresceva ad ogni mio succhiamento, me ne sono reso conto i 23 cm che mi aveva detto non erano bugie.

Le cose stavano già peggiorando, quando all'improvviso mi ha preso la mano e se l'è tolta dal cazzo, ha tolto la mano dal mio sesso e con voce dolce, ma sembrava super eccitata, andiamo, mi ha detto.

Ho capito subito cosa sarebbe successo e senza aspettare che me lo ripetesse, non mi sono preoccupato, mi sono alzato e siamo partiti di lì.

Attraversammo la strada e andammo subito in un piccolo motel vicino al cinema.

Senza dire una parola ci siamo spogliati e senza perdere tempo mi sono avventato su di lui e mi sono preparato a continuare con il succhiare il cazzo che gli stavo facendo al cinema, lui mi ha ringraziato allargando le gambe e mettendo la sua faccia tra il mio sesso, che ormai avevo capito era super bagnato, il mio clitoride era bagnato e si è alzato desiderando essere assaggiato dalla lingua.

Abbiamo fatto 69 per diversi minuti finché la mia puttana non mi è salita sopra il suo cazzo e con un solo tiro ho messo dentro i 23 cm di cazzo che mi aveva promesso, quasi uscivo dall'eccitazione e dalla lussuria che mi riempivano.

Così abbiamo passato un bel po' di scopata in varie posizioni, quando ho capito che sarebbe venuto mi sono messa subito a carponi dandogli le spalle e da vera puttana quale sono gli ho offerto senza pudore il mio culo.

Non ha esitato un secondo, mi ha riempito di saliva e al solo sentire la sua enorme testa entrare in me, ho emesso un gemito di dolore, lussuria, eccitazione e ho iniziato a muovermi come un matto, provocandolo e implorando altro cazzo.

Non ha più avuto pietà di me e mi ha infilato il resto del cazzo che era rimasto fuori nel culo. Mi ha fatto urlare di dolore, ma invece di scappare, ho stretto il culo e ho cominciato a muovermi selvaggiamente. Restammo così per un po' finché mi fece venire tremendamente, quando se ne accorse, non ce la fece più e venne dentro di me riempiendomi tutta del suo latte bollente.

È stata la prima volta che ho ingoiato un cazzo da 9 pollici e ti prometto che non è stata l'ultima volta o l'ultimo grosso cazzo che ho scopato.

DONNA SPOSATA E INSODDISFATTA

Sono una casalinga modello, giovane, bella, sexy, con un bel corpo, sposata e infedele, quel tipo di ragazza che tutte le persone sposate sognano.

Ma si scopre che anche mio marito è molto giovane, ma lo è, senza alcuna esperienza. E non mi interessa insegnargli niente. Quindi siamo sposati, ma niente riguardo al sesso e la verità è che, grazie a mio padre, sono assolutamente sicuro di essere nato per quello, per fare sesso, per scopare come un matto, e la verità è che non mi interessa davvero chi, Il punto è scopare e dare piacere al corpo, ufff.

Arrivò il momento in cui i miei amici a scuola iniziarono a chiamarmi Ragazza a caso a causa della quantità di cose che mi erano successe, la maggior parte riguardanti il sesso.

Una volta sono andata al cinema con mio
marito, era mezzo pieno e un po' buio,
quindi non si vedeva bene se c'erano
posti per noi, quindi siamo rimasti
appoggiati al piccolo bancone che si
affaccia sul corridoio in fondo al cinema.
i sedili.

Eravamo così quando all'improvviso un
ragazzo ha cominciato a massaggiarmi
da dietro, con una certa dissimulazione,
perché mio marito non se ne accorgesse.
Nemmeno io volevo dirgli niente perché
non lo scoprisse.

Così per molto tempo, dopo avermi
strofinato il cazzo tra le gambe, poiché
non dicevo niente, si è eccitato e ha
cominciato ad accarezzarmi le natiche di
nascosto, sopra il vestito.

Chi mi segue da tempo sa che esco sempre vestita super sexy, qualunque cosa mi venga offerta, ovviamente. Sia con una gonna corta che con una camicetta con scollatura. Oppure come questa volta, un abito corto attillato con scollatura. Il tessuto del mio vestito mi permette di toccarti e di sentire come se stessi quasi toccando il mio corpo, quel tessuto è così ricco, ecco perché amo indossare abiti del genere.

Ebbene immaginate cosa ha provato il ragazzo mentre mi palpeggiava, riusciva quasi a sentire il mio corpo in tutto il suo splendore.

In quel momento mio marito mi ha detto che c'era un posto libero, che dovevo andare a sedermi, gli ho detto, non preoccuparti, sto bene qui, è meglio che tu vada di là, e così ha fatto.

Il ragazzo capì che gli permettevo di continuare a toccarmi e le sue carezze iniziarono a diventare sempre più audaci e, da buona puttana quale sono, me lo lasciò fare.

Sollevai il vestito finché non furono visibili le mie natiche nude e le mie mutandine. Cominciò ad accarezzarli, molto arrapato. Quando si è arrapato troppo, ha tirato fuori il cazzo e, nudo, si è appoggiato a me, prendendomi per la vita e ha iniziato a strofinarmelo in mezzo alle natiche.

Come era delizioso quel cazzo caldo e palpitante tra le mie natiche, e anche lui si appoggiava a me e mi massaggiava molto bene. Poco dopo, mi ha separato le mutandine e ha cominciato a strofinare il suo cazzo direttamente sul mio sesso, quando ero già bagnatissimo.

Mi sono girata verso di lui e mi sono appoggiata con la schiena alla bardita , ho messo da parte le mutandine, ho preso il suo cazzo e ho cominciato io stessa a strofinarmi il sesso con il suo cazzo.

Non c'è voluto molto, quando il ragazzo mi ha tolto le tette dal vestito e ha iniziato a succhiarle, i miei capezzoli sono diventati durissimi e ben posizionati, segno che sono già molto arrapato, a quel punto tutto, ma proprio tutto. ne è valsa la pena, mamma.

Ho preso il suo cazzo e me lo sono infilato nel sesso, l'ho afferrato per la vita e l'ho tirato verso di me, in chiaro segno che doveva mettermelo dentro. Non ha aspettato molto, tirandomi per la vita e chinandosi un po', ha infilato tutto il suo cazzo nel mio sesso, che era già completamente bagnato, quindi non è stato difficile per lui inserirlo.

Era delizioso, il sesso proibito è il massimo e non può essere paragonato a niente, immagina, scopare al cinema, pieno di gente, con mio marito accanto, e il ragazzo con un cazzo caldo, enorme, grosso e con la testa grossa, proprio il come piacciono a me, proprio come mio padre ci si abitua.

Siamo stati così solo pochi minuti, il ragazzo mi ha fatto finire a schizzi, ho fatto uno sforzo tremendo per non urlare, anche se sono usciti dei gemiti di piacere, di lussuria, di febbre, mi sono aggrappata al ragazzo stringendomi forte contro il suo cazzo e questo bastava. tanto che sprigionava tremendi getti di latte. Non potevo più stare in piedi, mi hanno ceduto le gambe e mi sono inginocchiata davanti a lui, ho approfittato di quel momento per succhiarglielo per bene e pulirlo per bene, come è giusto che sia...

Nel momento in cui il ragazzo se n'è andato, mio marito è tornato perché stava per finire il film e ci siamo abbracciati per prendere l'autobus per casa nostra.

IL PADRE DEL MIO RAGAZZO

Quel giorno mi sentivo un po'
emozionata, il che è molto strano perché
ho sempre un sacco di cose ah ah ,
quindi ho deciso di andare a trovare il
mio ragazzo e fargli una piccola
sorpresa. Andare a casa. Ho bussato e
suo padre mi ha aperto. Ciao amore, mi
ha detto, entra, mio figlio non c'è, ma
tornerà presto. Sono passato con totale
fiducia perché mi conosceva già dai
tempi del liceo, a parte questo avevo
molta fiducia in lui e sapevo che mi
apprezzava molto.

Sono andato in soggiorno e sono rimasto
sorpreso nel vedere che stava bevendo
con un suo amico, non so perché avevo
pensato che fosse solo. Il fatto è che ho
salutato e mi hanno fatto sedere in
mezzo ai due, come sempre la mia gonna
si è alzata e ha mostrato le mie
bellissime cosce, e come sempre non ho
fatto niente per abbassare la gonna, tra

l'altro mi piace questo gli uomini mi vedono e se sono maturi, meglio. E in quel momento ero seduto tra due uomini maturi con la gonna alta fino alle cosce.

A quanto pare non hanno dato importanza a questo e mi hanno detto che stavano guardando un film porno, che se avessi voluto vederlo lo avrebbero cambiato. La cosa non mi ha dato molto fastidio quindi gli ho detto che andava bene, non è un problema per me.

Mi hanno offerto da bere e ho accettato, sentivo che la bevanda che mi avevano dato era un po' forte, ma a 18 anni non avevo intenzione di fare la stupida, quindi non ho detto niente e l'ho bevuta. La verità è che non bevo molto alcol e quel drink mi fa girare la testa quasi subito. La cosa peggiore è che me ne hanno offerto un altro e di nuovo l'ho accettato e di nuovo ho avuto le vertigini.

Non ho detto niente, sono rimasta a guardare lo schermo, il film era già diventato molto piccante, c'erano due uomini più anziani che si godevano una ragazzina. In quel momento mi resi conto che ero sola con due uomini più grandi!!! e il drink, la verità è che mi stavo già arrapando, mi sentivo un po' in imbarazzo a sentirmi così accanto a quegli uomini e uno di loro era il padre del mio ragazzo. Mi sentivo un po' nervoso. Mi sono sentita peggio quando il padre del mio ragazzo mi ha messo un braccio dietro le spalle, si è avvicinato un po' e mi ha detto che ero già diventata molto bella. Per quanto fossi imbarazzato dall'alcol e quanto mi sentissi arrapato, sono riuscito solo ad appoggiare la testa sullo schienale del divano e guardandolo negli occhi gli ho detto grazie. Mi prese il viso con una mano, ero nervosissima, perché, a parte tutto, quell'uomo mi era sempre sembrato molto attraente nonostante la sua età. I due uomini avevano probabilmente circa 60 anni se non di più. Non sapevo cosa fare e l'unica cosa a cui potevo pensare era chiudere gli occhi mentre sentivo la sua mano enorme sul mio viso, era calda, davvero deliziosa.

L'uomo ha osato e mi ha dato un bacio tremendo sulla bocca, cosa che mi ha colto di sorpresa, sono diventata molto nervosa, non sapevo cosa fare, ero molto silenziosa quando, con mia sorpresa, ho aperto la bocca perché potesse baciarmi a volontà. , e non solo, ma gli ho dato la mia lingua, sai cosa significa, significa che sei arrapato e che ti concedi a lui per quello che vuole.

Ebbene, quello che voleva era infilarmi la camicetta e accarezzarmi il seno. Sai già come divento quando qualcuno mi tocca le tette. Immediatamente i miei capezzoli si fermarono e diventarono durissimi. Si rese conto e seppe che questo era il segnale per il passo successivo. Il passo successivo è stato che ha iniziato a succhiarmi i capezzoli. Invece di allontanarmi da lì, vedendo quanto la situazione stava già diventando pericolosa e il mio ragazzo non veniva, sono riuscita solo a separare le gambe e ad appoggiare una mano sul suo enorme rigonfiamento che già si vedeva sotto i pantaloni.

Ha accettato il mio parto e ha iniziato a mettermi la mano tra le gambe, sono riuscito solo a separarle di più. Vedendo ciò, l'amico si è rianimato e ha iniziato a succhiarmi anche i capezzoli. Questo mi ha davvero eccitato, avere due uomini più grandi che mi mettono le mani addosso e mi succhiano i capezzoli, uno per lato, non è qualcosa per stare fermi, questo soprattutto mi fa impazzire. Allora, senza pensarci, ho messo l'altra mano sul pene dell'altro e ho cominciato ad accarezzarli entrambi. Si sono subito

abbassati i pantaloni e hanno tirato fuori
i cazzi perché potessi accarezzarli a mio
piacimento, cosa che ho fatto senza
alcun problema.

Quei bastardi avevano dei cazzi enormi,
grossi, grossi e con la testa grossa,
proprio come piacciono a me e mi
preparavo a godermeli, toccandoli
ciascuno con ciascuna mano, mentre
loro continuavano a sbizzarrirsi
succhiandomi i capezzoli. Se riesci ad
immaginare quella scena, capirai che ero
già più che arrapato. Il padre del mio
ragazzo si è seduto sul bracciolo del
divano e mi ha offerto il suo cazzo
enorme, che ho subito accettato senza
pensarci, mi sono messo a carponi sul
divano, mi sono appoggiato a quel
bellissimo cazzo e ho iniziato a
succhiarlo, aveva un sapore delizioso,
enorme , caldo e mi eccitava come
pulsava nella mia bocca. L'altro uomo ne
ha approfittato e si è messo sotto di me,
mi ha tolto le mutandine e ha iniziato a

leccarmi il sesso, che ormai è già super bagnato. L'uomo ha provato piacere nel succhiarmi il clitoride e nel bere i miei succhi. Ero già più che preparato per quello che sarebbe successo.

Si sono alzati dalla posizione in cui si trovavano sul divano e il papà del mio ragazzo si è sdraiato sulla schiena in segno chiaro che dovevo montarlo e così ho fatto. Mi sono sistemato sulla sua pancia e, prendendo il suo cazzo, l'ho messo sul mio sesso e in un colpo solo l'ho messo fino alle palle, sono diventato frenetico e ho iniziato a muovermi come un matto, quanto amavo quel cazzo, sembrava enorme, caldo, Ho riempito tutto. L'altro uomo mi si è avvicinato da dietro e sollevandomi le natiche, mi ha riempito di saliva da dietro e senza dire acqua, mi ha infilato il suo enorme cazzo nel culo, ho gemito di dolore, l'ha tirato fuori un po', me l'ha adattato meglio e ho iniziato a muovere il culo, quello è stato il segnale per lui di infilarmi tutto da dietro in un colpo solo. Gemevo, sospiravo e mi muovevo come un matto. Riesci a immaginare cosa vuol dire essere chiusi davanti e dietro da due bellissimi cazzi di due stalloni maturi? È un sogno per ogni studentessa sexy. E in quel momento lo stavo già realizzando. Quindi capirai tutta la lussuria che era presente in quel momento. Ero sfrenata, muovendomi da vera troia quale sono, e non mi vergogno di ammetterlo. Di tutte le amiche della mia scuola, sono la più troia e questo mi piace. E lo sanno tutti.

C'è stato un momento in cui i due uomini si sono scambiati di posizione e si sono schiantati di nuovo contro di me, facendomi sentire la donna più felice del mondo in quel momento. Non solo devi sapere come essere una puttana e darti a chiunque, è anche importante sapere come godersi una bella scopata, e in quel momento mi stavo godendo due ottime scopate contemporaneamente.

Non ne potevo più e arrivavo schizzando tremendamente ovunque. Vedendo ciò, i due uomini attaccarono più forte finché non mi finirono dentro, uno da davanti e l'altro da dietro, riempiendomi di latte bollente da entrambi i lati. Far venire il proprio uomo è fonte di soddisfazione per una, ma far venire dentro di sé due uomini contemporaneamente non ha prezzo.

Beh, il mio ragazzo non è mai arrivato e ne sono stata grata, avrei odiato se ci avessero interrotto in quella tremenda doppia scopata.

Naturalmente quelle visite a casa del mio ragazzo quando era via si sono ripetute molte volte.

FANTASIA CON SCONOSCIUTI

Una volta il mio ragazzo mi invitò a casa sua per un incontro con gli amici, cosa molto comune e che facevamo regolarmente, alla quale accettai prontamente.

Di solito durante quegli incontri, a un certo punto, io e il mio ragazzo ce ne andiamo di nascosto per fare una scopata veloce e poi torniamo alla riunione. Tutti lo sapevano e quasi tutti facevano lo stesso.

In quell'occasione quello che mi sorprese fu che c'erano solo ragazzi, nessuna donna e tutti loro erano dei perfetti sconosciuti per me. Anche così non dissi nulla e cominciammo a bere e a parlare amabilmente.

A un certo punto hanno messo della musica soft, molto carina, un po' eccitante, come quella che ascolti quando inizi a scopare.

Il fatto è che nessuno ballava perché erano uomini puri. All'improvviso, il mio ragazzo mi ha chiesto di ballare un po' per loro, per ravvivare l'incontro, per cui tutti hanno applaudito, festeggiando l'idea, e io mi sono preparata a dare loro uno spettacolo.

Indossava un vestito corto e attillato, uno di quelli che adoro, e quello in particolare mi faceva sembrare super sexy, super bella, super arrapata e super troia. Questa è l'idea di indossare uno di quegli abiti alle riunioni.

Hanno abbassato un po' le luci e ho iniziato a muovermi in modo davvero sensuale, fin da ragazza mi ero sviluppata molto bene, ma ora, a 18 anni, avevo un corpo spettacolare, e un viso angelico e innocente, con un sorriso e uno sguardo che ha sciolto tutti. Qualunque.

Allora mi sono mosso per un po' da solo, all'improvviso un ragazzo si è avvicinato e mi ha afferrato la vita da dietro, ha cominciato a muoversi al mio ritmo, gli altri hanno festeggiato con applausi e fischi. Sentivo come tornava verso di me da dietro, trascinandomi verso quello tenuto per la vita. Subito l'ho sentito fermarsi e me lo ha dato tra le natiche. Mi alzai con il sedere e mi mossi in modo più sexy, strofinandomi contro il suo cazzo con discrezione, ovviamente. Tuttavia, tutti hanno notato il mio movimento.

Ciò diede coraggio ad un altro ragazzo e si unì a noi in quella danza erotica. Si mise di fronte a me e, prendendomi per la vita, mi avvicinai a lui e anche lui cominciò a massaggiarmi il cazzo da davanti. Ciò fece impazzire gli altri ragazzi, che non riuscivano a smettere di festeggiare e applaudire.

Stavo già iniziando ad arraparmi, con quella musica, quei ragazzi che mi massaggiavano con i loro cazzi, non sapevo né sapevo come, ma all'improvviso stavo già toccando ciascuno dei loro cazzi, una mano davanti e l'altra dietro.

Cominciarono a palpeggiarmi in modo più vistoso, con gioia degli altri ragazzi. Uno di loro mi sollevò il vestito, esponendo le mie natiche, e cominciò ad accarezzarle violentemente. L'altro che era davanti, ha preso le mie tette dal bar e ha iniziato ad accarezzarle e succhiarle. Subito i miei capezzoli si sono alzati e sono diventati durissimi, come fanno sempre quando qualcuno mi tocca, segno che mi piace e che sono già arrapato.

Quasi senza pensarci, ho messo la mia mano dentro i loro pantaloni e quasi subito si sono tolti i pantaloni, rivelando i loro cazzi, quindi ho continuato ad accarezzarli entrambi molto arrapatamente.

Un altro ragazzo si è avvicinato e ha iniziato a mettermi la mano tra le gambe, toccandomi il sesso. Si rese subito conto che ero già super bagnato, a causa di quanto mi ero arrapato. Si è anche tolto velocemente i pantaloni, si è sdraiato a faccia in su sul tappeto e mi ha fatto sedere sopra di lui, infilandomi tutto il suo cazzo in profondità, per la gioia degli altri che non riuscivano a smettere di festeggiare. Gli altri due ragazzi con cui ero dall'inizio hanno cominciato a mettermi il suo cazzo in bocca, a turno, li ho afferrati e li ho succhiati, mentre l'altro ragazzo mi ha scopato a suo piacimento.

Quando sono venuto a dirglielo, tutti i ragazzi erano già completamente nudi e facevano a turno per afferrare i loro cazzi e succhiarli, quindi tutti a turno si facevano succhiare il cazzo.

Poi a turno mi hanno fatto sedere sopra e mi hanno infilato il cazzo dentro, è andata così. Non ho mai saputo con certezza se fossero stati 6, 8 o 10 ragazzi a darmi il cazzo quel giorno. L'importante è che io mi diverta e ovviamente anche loro.

Mi sono lasciato scopare da tutti in ogni posizione a cui potevano pensare, facendo a turno per scoparmi. C'erano momenti incredibili in cui mi penetravano a due a due, uno davanti e l'altro da dietro e poi si alternavano in modo che fosse il turno di tutti.

Restammo così per un bel po', prendi e prendi, non ricordo quante volte sono venuto, ma ricordo che mi sono divertito come non mai.

Alla fine mi hanno messo in ginocchio al centro e quasi contemporaneamente mi sono venuti tutti in bocca, sul viso, sulle tette, tra i capelli, ovunque si toccassero. È stata un'esperienza meravigliosa, la prima volta che ho partecipato ad un'orgia, e la verità è che... l'ho adorato.

Naturalmente questi incontri si ripetevano più volte, a volte portavano una ragazza o un'altra per movimentare di più l'incontro, ma di solito erano tutti uomini.

INFEDELTA' CON MATURO

Fin da quando ero piccola, ho sempre fantasticato sull'idea che un giorno, quando fossi sposata, avrei tradito mio marito con uno sconosciuto.

Questa idea mi ha sempre perseguitato fin da quando ero single.

Ora che sono sposato, inaspettatamente quelle idee hanno cominciato a riempire i miei pensieri sempre più frequentemente.

Fantasticavo immaginandomi di scopare con uno sconosciuto e qualche volta mi masturbavo anche immaginando come sarebbe stata quell'avventura.

Mi sono reso conto che sono già diventata una ragazza molto arrapata, forse lo sono sempre stata, ma ora mi sembra di averlo più in mente e l'idea di scopare con qualcuno che non sia mio marito mi fa arrapare moltissimo, al punto da bagnarmi solo pensando a quelle situazioni.

L'ho sempre fantasticato, ma ora che cominciava a diventare più reale, la cosa mi rendeva un po' nervosa e mi eccitava più del necessario.

Così un giorno, per scherzo, ho deciso di iniziare a inserire annunci su pagine per adulti discrete, di quelle in cui le ragazze si offrono agli uomini. In quel momento tutto questo mi sembrava divertente, eccitante e mi masturbavo con l'idea che un giorno avrei scopato qualche sconosciuto.

Il problema è iniziato quando qualcuno ha risposto a uno dei miei annunci. Non me lo aspettavo, so che fantasticavo su quell'idea ogni giorno, ma ora, all'improvviso, c'era uno sconosciuto che mi scriveva che voleva scoparmi, che gli erano piaciute le mie foto e che se avessi voluto avremmo potremmo incontrarci al più presto.

La verità è che mi spaventava, immaginarsi a letto con un altro uomo non è la stessa cosa che saltargli addosso nella realtà, questo mi rendeva estremamente nervoso.

Quindi non ho risposto a nulla. Sono rimasto calmo e quasi me ne ero dimenticato, quando all'improvviso ho iniziato a ricevere più notifiche di risposta a molti dei miei annunci.

È stato davvero sorprendente.

Diversi uomini sconosciuti volevano scoparmi.

Prima erano solo mie fantasie, ma ora mi si è aperta l'opportunità di realizzarlo, non con uno solo, ma con chi volevo, il che mi ha reso molto irrequieto ma anche molto arrapato. Avevo l'opportunità di scopare chi volevo e tutto quello che dovevo fare era accettarne uno qualsiasi.

Così ho iniziato a controllare i profili di alcuni di loro.

Uno ha attirato la mia attenzione in modo potente.

Era un uomo anziano, sui 65 anni.

Sai quanto sono maturi gli uomini il mio delirio .

Quindi ho letto il suo profilo un po' più attentamente.

Se ho avuto dei dubbi nel decidere se uscire con lui, quando ho letto che pesava 23 cm, beh, non ho esitato più un attimo.

Ho subito risposto che ero interessato.

Sembrava sorpreso perché poi mi confessò che non avrebbe mai immaginato che gli avrei risposto.

Allora ci siamo incontrati in un quartiere lontano dal mio, sono salito in taxi e sono arrivato al luogo dell'incontro.

Era già lì, aspettando con ansia. Così, senza ulteriore perdita di tempo, salii sulla sua macchina e ci dirigemmo verso un motel vicino, qualcosa di molto discreto.

Dato che la mia storia è un po' lunga, mi limiterò a dirvi che cazzo avevamo superato tutte le mie aspettative.

Ero arrivato molto nervoso data la situazione, incontrare uno sconosciuto solo per poterti infilare il cazzo dentro, non era niente, ovviamente a parte il nervoso ero super eccitato e super arrapato.

Alla fine tutto è andato a meraviglia, ci siamo accordati per incontrarci in altre occasioni e così è stato.

Ora, dopo quell'incredibile esperienza, ero più calmo, potevo pensare meglio e ho deciso definitivamente di aver preso un'ottima decisione, avendo realizzato le mie fantasie.

Con quell'esperienza mi sono permesso di pianificare meglio le cose e poco a poco ho cominciato ad accettare gli inviti che mi arrivavano da sconosciuti.

Con il controllo totale, ho deciso chi sì e chi no.

Così ho iniziato ad accettare inviti solo da uomini più anziani.

Arrivò il momento in cui pensai di essere diventata non solo una vera puttana infedele e divoratrice, ma capii chiaramente che in realtà ero una ninfomane.

Avevo sempre più bisogno del cazzo di uno sconosciuto. Arrivò il momento in cui scopavo quasi ogni giorno, il che era fuori da ogni fantasia che avessi mai avuto.

Tuttavia, ho iniziato a preoccuparmi seriamente quando ho iniziato a sentire il bisogno non di un solo cazzo, ma di due, o tre se possibile.

Così ho iniziato a intervallare gli appuntamenti con semplici sconosciuti e mi sono assunto il compito di sollecitare partner, anche se non si conoscevano.

Il mio annuncio diceva qualcosa del genere:

Disponibile giovane donna sposata insoddisfatta, cerca due gentiluomini maturi.

Con mia sorpresa. Le risposte sono arrivate a centinaia fin dal giorno dell'annuncio.

Quindi mi sono assunto il compito di scegliere tra i candidati.

Mi hanno emozionato moltissimo i profili di due uomini maturi già più grandi, dicevano di avere tra i 70 ei 75 anni ma molto ben dotati ufff.

Ho risposto immediatamente e ci siamo incontrati per il nostro primo appuntamento.

Inutile dire che è stata un'esperienza meravigliosa scopare con quella coppia.

Mi hanno dato il cazzo per quasi 4 ore, li ho succhiati entrambi divinamente, mi hanno scopato e preso in braccio a loro piacimento e mio ovviamente, la cosa più incredibile e meravigliosa è stata quando me lo hanno dato da davanti e da dietro contemporaneamente.

È stata un'esperienza incredibile, che, ovviamente, abbiamo ripetuto in più occasioni.

È così che è andata avanti la mia emozionante vita sessuale tra coppie di cazzi, di cui ho goduto in modo incredibile. Adoravo l' idea di essere diventata una puttana ninfomane infedele.

Quell'unico pensiero mi eccitava moltissimo, ma non mi masturbavo più, semplicemente prendevo semplicemente il telefono. e pronto!!!

FINE